HÉSIODE ÉDITIONS

PAUL BOURGET

Une nuit de Noël sous la Terreur

Hésiode éditions

© Hésiode éditions.

1 rue Honoré - 93500 Pantin.
ISBN 978-2-38512-028-3
Dépôt légal : Octobre 2022

Impression Books on Demand GmbH

In de Tarpen 42
22848 Norderstedt, Allemagne

Une nuit de Noël sous la Terreur

Le hasard d'une villégiature à Nemours m'avait amené à visiter un château bien connu de tous ceux qui s'intéressent à l'architecture du seizième siècle en France – celui de Fleury-les-Tours. On l'a nommé ainsi pour le distinguer de l'autre Fleury, célèbre par le séjour du prétendant Charles-Édouard, et qui dresse dans le voisinage de Courances sa jolie construction de briques. Je n'ai pas l'intention de discuter le point controversé entre archéologues, si ce charmant bijou de pierre, construit par les ordres du premier duc de Fleury, le favori de Louis XII, a servi de modèle à cet autre bijou, qui le reproduit quasi exactement, et qui est Azay-le-Rideau, ou si c'est l'inverse. Je ne discuterai pas non plus cet autre problème débattu indéfiniment dans les clubs ; le propriétaire de Fleury-les-Tours, a-t-il vraiment le droit de s'appeler le duc de Fleury tout court, comme le jeune héros d'Agnadel ? La contestation dure avec l'autre branche de la famille depuis quelque cent cinquante ans. Que son titre soit ou non très authentique, l'actuel duc de Fleury le porte de manière à justifier toutes ses prétentions. Il emploie admirablement une très grande fortune, héritée de sa mère, fille elle-même d'un de ces gentilshommes verriers dont une tradition plusieurs fois séculaire se perpétue dans nos départements du nord. Le duc a eu le bon esprit de ne pas confier à des intermédiaires la gérance de ses intérêts. Quarante ans durant, il a dirigé en personne les vastes usines qu'il possède près de Saint-Quentin. Son fils aîné s'en occupe maintenant. Ce maniement direct de ses propres affaires a eu ce résultat que le châtelain de Fleury-les-Tours appuie ses prétentions sur douze cent mille francs de revenu sans mésalliance, et le château est habité aussi noblement que le méritent les sculptures de ses portes et les meneaux de ses fenêtres. Le seigneur de cette exquise et grandiose demeure en a un très légitime orgueil. Ceci soit dit pour expliquer comment il avait tenu, m'ayant rencontré chez des amis communs, à m'en faire les honneurs, malgré mon manque absolu de compétence dans la partie où il excelle. Il a réuni là une collection d'armes à rivaliser celle du Palais Royal de Madrid. Un trait définira la parfaite politesse de ce vrai gentilhomme : durant la visite à laquelle je fais allusion, il m'épargna le détail de son musée, et un autre trait encore définira l'incompétence que je viens d'avouer. De toutes les pièces incomparables éparses – dans les appartements du château – que dis-je ? – de tout le château lui-même, je ne me rappelle vraiment qu'une petite toile, suspendue dans la chambre à coucher du maître du logis, et cela moins pour elle-même, quoique ce soit une excellente peinture d'un maître anonyme du dix-septième siècle français, qu'à cause de l'anecdote qui s'y rattache. Cette prédominance de l'intérêt moral sur la beauté et le pittoresque distingue l'écrivain de l'artiste – heureux quand cet intérêt emporte avec lui, comme ce fut le cas, un enseignement.

Ce tableau devant lequel je tombai aussitôt en arrêt, représentait un sujet bien banal : une Nativité. La peinture avait la solidité qui décèle un faire très exercé, cette minutie forte dont la valeur reste indiscutable à travers les variations du goût. Le saint Joseph, la Vierge, le bœuf, l'âne, l'Enfant sur la paille étaient traités avec une robustesse de touche où se reconnaissait l'influence de Philippe de Champaigne, et une précision apprise en Flandre. Jusqu'ici pourtant rien que d'ordinaire. Mais un détail d'une extrême originalité trahissait dans cette création d'un excellent ouvrier une imagination de poète. La scène était placée, comme d'habitude, dans une pauvre étable, éclairée par une fenêtre dont le châssis se composait de deux barreaux, coupés l'un par l'autre à angle droit. L'ombre de ce châssis se projetait sur le mur du fond, de telle manière qu'une croix se dessinait sur le crépi blanc, démesurée, fantomatique et pourtant distincte. La base de cet instrument du futur supplice posait juste au-dessus du berceau de l'enfant divin, endormi si doucement ! Entre cette croix et ce sommeil, entre cette menace et cette sécurité, le contraste était assez poignant pour qu'il suffît seul à retenir l'attention. J'avais un motif pour être intéressé doublement par ce tableau. Je venais, en le regardant, de le reconnaître. Oui, j'avais déjà vu cette disposition des personnages, et ce reflet du châssis de fenêtre projeté en croix sur le mur blanc du fond. Un nom me vint aux lèvres que je prononçai très étourdiment. Il est rare qu'un collectionneur aime à posséder un objet dont une réplique existe, et les quelques autres tableaux réunis là prouvaient que le duc, spécialisé dans les armes, ébauchait aussi un tout petit commencement de galerie.

– Votre mémoire vous sert très bien, me répondit-il ; une copie de ce tableau existe en effet chez Madame de –.

Il répéta le nom que j'avais dit, et qu'il est inutile de transcrire ici.

– Ce sont des cousins à moi. Vous auriez pu en voir une autre chez les – (je ne transcris pas non plus cet autre nom) et une autre chez les –. Ceci est l'original, que mon grand-père a laissé par testament à l'aîné de ses quatre enfants, qui était mon père. Il a voulu que trois autres copies fussent faites pour mes deux oncles et ma tante… Mme de – ne vous a pas dit pourquoi ?

Et, sur ma réponse négative :

– C'est naturel, reprit-il, avec une amertume hautaine. Quand on a consenti à servir la Révolution, certains souvenirs font honte.

Le père de Mme de – a été, en effet, dans la diplomatie sous Napoléon III ! J'ai oublié d'indiquer que le duc-verrier est un de ces légitimistes intransigeants auxquels il a fallu l'ordre du prince qui dort à Gœritz pour qu'ils acceptassent la fusion.

– Je n'ai pas les mêmes motifs pour vous taire l'épisode qui donne à ce petit tableau la valeur d'une relique de famille. Vous me permettrez de vous offrir la petite plaquette où j'ai fait inscrire le passage du testament de mon grand-père dans lequel il explique cette volonté… Vous lirez ces pages en vous en allant… Elles seront toujours aussi intéressantes qu'un article de journal. Et du train dont nous allons, elles risquent fort de ressembler à ce que vous lirez dans les journaux de demain !…

Le possesseur de cette « Nativité » s'était-il trompé en m'annonçant un récit aussi saisissant que l'idée même de cette toile, associée à une crise décisive de l'histoire de son aïeul ?

Le lecteur va être à même d'en juger car le duc, m'ayant donné la permission d'utiliser ce document, je prends le parti de le copier tel quel. Par les époques troublées comme celles que nous traversons, il est toujours sain de se rappeler quelles terribles épreuves l'expérience de certaines doctrines sociales a imposées aux destinées privées, il n'y a pas beaucoup plus d'un siècle. Ce n'est pas une raison pour croire, comme M. de Fleury, à des identités d'événements qui ne se reproduisent guère. La Commune, cependant, est trop près de nous pour que les sentiments traversés par les hommes qui ont vécu sous la Terreur nous soient tout à fait étrangers. Ce récit a donc des chances pour offrir un certain intérêt d'actualité. Le voici, sous le titre que le duc lui avait donné : « Note laissée par mon grand-père pour son fils aîné et qui explique le codicille de son testament relatif à un tableau d'auteur inconnu, représentant une Nativité ». À partir de maintenant c'est donc le duc de Fleury de 1793 qui tient la plume.

. . . .
. .

I

Quoique quarante ans se soient écoulés entre le jour de Noël où j'écris ces lignes (1833) et celui dont je veux retracer l'angoisse (1793), aucune des émotions traversées alors ne s'est effacée de mon esprit. Je n'ai qu'à fermer les yeux pour revoir, distinctement, une plaine blanche de neige, entre des montagnes, une route presque déserte, où de rares piétons et de plus rares cavaliers cheminaient sous un ciel livide, dans lequel le soleil découpait un disque rouge. Je revois une voiture roulant à travers ce morne paysage, sinistre comme l'atmosphère qui planait alors sur la France. Ce véhicule cahoté sur un sol dont le ravinage dénonçait l'incurie de la Révolution, emportait un jeune homme de trente ans et une jeune femme de vingt. Cet homme, mon fils, était votre père, cette femme était votre mère. Elle était à la veille de vous avoir. Son état de grossesse avancé lui rendait ce voyage si douloureux qu'à chaque secousse ses traits se décomposaient comme si elle allait mourir. Ses paupières se fermaient sur ses prunelles mouillées de larmes. Puis, la volonté de ne pas ajouter à mes anxiétés était la plus forte. Elle trouvait le courage de me sourire et elle me disait :

– Ne vous tourmentez pas, mon ami. Dites au cocher de pousser les chevaux. Dieu, qui nous a protégé depuis notre départ, ne permettra pas que nous échouions au moment d'arriver…

Il était en effet assez extraordinaire que nous eussions parcouru sans être inquiétés, la distance entre Fleury-les-Tours et la petite ville de la Franche-Comté dont nous approchions. C'était Morteau, à huit lieues seulement de Locle, à moins d'une journée de La Chaux-de-Fonds et de la Suisse. Nous nous étions décidés à choisir, pour sortir de France, ce chemin détourné, après avoir pris ostensiblement la route naturelle, celle de Châlons et de Nancy. Je me souviens. Tandis que nous avancions péniblement, glacés par le froid de cet après-midi, dans notre voiture achetée d'occasion et à peine close, épiant, sans en avoir l'air, la physionomie de chaque passant, avec quels remords je me reprochais de n'avoir pas émigré plus tôt ! Ce n'est pas que je me fusse laissé endormir, comme tant d'autres, par les illusions des insensés de la nuit du 4 août. J'avais toujours pensé que la tempête déchaînée sur le pays serait sans pitié et qu'elle pouvait me frapper aussi, moi et les miens. Mais en 91 j'avais rencontré Mlle de Miossens. J'en étais devenu amoureux et je n'étais pas parti. Henriette n'avait plus son père. Elle habitait avec une mère malade un petit château pas très éloigné du mien. Je m'étais tout de suite considéré comme le protecteur de ces dames. D'ailleurs, ni elles ni moi n'avions été encore menacés. J'avais demandé la main d'Henriette, nous nous étions fiancés, puis mariés. Ces événements nous avaient menés, de semaine en semaine, jusqu'à ce terrible mois de janvier où le procès et l'exécution du Roi inaugurèrent vraiment cette crise d'universelle consternation, si bien nommée la Terreur. Dès que j'eus appris cette affreuse nouvelle, j'avais dit : il faut partir. À ce moment même, Mme de Miossens était devenue plus souffrante. La paralysie la rendait intransportable. Nous étions restés. Je n'avais pas eu le courage de démontrer à sa fille qu'en agissant ainsi nous nous perdions sans espérance de sauver sa mère. La malade était morte en août. Redevenus libres, nous avions remis de partir cette fois en constatant que Fleury continuait d'être ignoré par les Jacobins de Nemours. Il en était de lui comme il en fut de Dampierre et de quelques autres demeures seigneuriales situées un peu à l'écart et dans des contrées où ne se trouvait aucun meneur très énergique. Or les lois sur les biens des émigrés étaient implacables. Nous ne possédions d'autre fortune que nos deux châteaux et leurs dépendances. À la veille d'avoir son premier enfant, Henriette avait hésité à le ruiner d'avance. Elle était extrêmement pieuse. Elle avait voulu voir une protection de la Providence dans la tranquillité exceptionnelle où nous venions de vivre. J'avais cédé à son désir de ne pas quitter notre manoir. Ah ! combien je me le reprochais maintenant ! Un coup de foudre nous avait réveillés de cette folle sécurité. Un représentant du peuple avait débarqué à Nemours un matin. Il s'était fait remettre la liste des propriétaires de la ville et des environs. C'était une table de proscription toute dressée. Un vieux serviteur de ma famille avait appris que des mandats d'amener allaient être lancés contre les suspects et naturellement contre moi d'abord. L'urgence du péril n'avait plus permis l'hésitation. C'est ainsi que nous nous trouvions sur la route de Suisse par cet après-midi de la fin de décembre. Un passeport au nom du citoyen et de la citoyenne Chardon, procuré par le fidèle avertisseur, nous avait permis de franchir sans trop de difficultés les étapes de ce long et dangereux voyage. Ce papier revêtu du timbre de la municipalité de Nemours, me qualifiait de citoyen suisse retournant dans son pays, à cause de la santé de sa femme. La grossièreté de cette ruse en avait jusqu'ici fait la réussite. Il ne s'était rencontré personne pour imaginer qu'un duc de Fleury n'eût pas pris plus de précautions pour dépister les limiers lancés à ses trousses. À l'approche de la frontière, ce misérable chiffon de papier suffirait-il ? C'est la question que je me posais avec une épouvante grandissante, tandis que je cherchais à l'horizon la silhouette de cette petite ville de Morteau, où allait se jouer le dernier acte du drame de notre salut… Vers quatre heures, elle commença de se dessiner sur le ciel maintenant presque noir. La masse sombre des maisons prenait une physionomie si étrangement sinistre que mon appréhension d'affronter là un dernier examen de mon faux passeport devint intolérable. Le désir d'y échapper me suggéra l'idée la plus évidemment déraisonnable que je pusse concevoir.

– Vous sentez-vous assez bien pour marcher deux heures ?… dis-je à ma compagne.

– Oui, répondit-elle, avec une expression dans les yeux qui aurait dû m'avertir. Mais dans ces fièvres de fuite on ne veut rien reconnaître de ce qui contrarie les projets où l'on aperçoit une issue possible.

– Ce sera le dernier effort, repris-je. Il est nécessaire.

En même temps, par des coups frappés contre la vitre, j'avertissais le cocher d'arrêter. J'avais engagé ce gros garçon sur sa mine nigaude, à Dijon, en achetant la voiture. Qu'avait-il pensé de la qualité des voyageurs qu'il conduisait ainsi ? Je me l'étais souvent demandé, et je m'étais comporté de manière à dissiper de mon mieux ses soupçons s'il en avait. Il était insensé, presque au terme du voyage, de démentir d'un coup cette attitude. C'est pourtant ce que je fis en descendant de voiture, à une demi-lieue peut-être de Morteau et lui disant :

– Je n'ai plus besoin de vos services, mon ami. Ma femme et moi préférons continuer la route à pied. La voiture est à vous avec les chevaux et ceci par-dessus le marché (je lui mettais dans la main un rouleau de louis), si vous partez tout de suite de ce côté (je lui montrai la route par laquelle nous étions venus). Sinon…

J'avais tiré de ma poche un pistolet que j'armai d'un geste si déterminé que le malheureux se mit à trembler de tous ses membres :

– Je vous obéirai, Monsieur, répondit-il, je vous obéirai…

– C'est à l'instant qu'il faut partir, insistai-je. J'ai votre nom. Je vous écrirai l'endroit où vous devrez faire adresser les objets qui restent dans la voiture. Si dans six mois vous n'avez rien reçu, tout est à vous.

L'homme balbutia un remerciement. Il m'aida, d'une main qui continuait de trembler, à mettre sur mes épaules une espèce de havre-sac qui contenait quelques effets indispensables. J'avais dans ma ceinture une dizaine d'autres rouleaux d'or et des diamants. Il remonta sur son siège sans presque oser me parler. Je tenais toujours à la main mon pistolet levé. Les chevaux tournèrent, dans l'accablement de bêtes fatiguées qui comptaient si bien toucher à l'écurie. Mais leur conducteur était si impatient de n'être plus à la portée de mon arme qu'il trouva le moyen de les mettre au grand trot. Mme de Fleury et moi, nous étions seuls. Nous n'avions plus qu'à marcher en contournant la ville pour arriver en Suisse. Elle me dit : – Je suis prête. Et nous commençâmes à nous diriger vers Morteau, avec l'intention d'obliquer par le premier sentier à droite ou à gauche pour rejoindre la grand'route de l'autre côté.

II

Nous n'avions pas fait cinq cents pas que le ralentissement de la démarche de ma compagne me prouva que son énergie avait préjugé de ses forces. Encore cinq cents autres pas et elle s'arrêta. Elle dit :

– Je ne peux plus…

Et, se laissant tomber sur une pierre, elle éclata en sanglots.

– Je ne peux plus, je souffre trop, répétait-elle.

Ses mains s'étaient portées sur sa ceinture. Quoiqu'elle fût enveloppée d'un manteau, la déformation de son pauvre corps était trop visible pour que cette exclamation et ce geste ne donnassent pas à ce cri de douleur la signification d'une menace, à laquelle je n'avais pas voulu songer. Henriette était tout près d'achever le huitième mois de sa grossesse. Si elle allait accoucher avant terme, là, sous cette bise froide, sur cette neige gelée, loin de tout secours !... J'essayai de la soulever de terre pour l'emporter, où ?... où ? Vers la ville dont la silhouette toujours dressée sur l'horizon m'avait épouvanté tout à l'heure, et maintenant elle m'apparaissait comme l'asile où du moins ma bien-aimée aurait un toit pour protéger sa chair frissonnante, un lit pour étendre ses membres secoués par le grand travail, des langes pour recevoir notre enfant, s'il devait naître ! J'étais robuste alors et jeune. Je lui demandai d'assurer ses bras autour de mon cou et je marchai encore deux cents pas avec cet adoré fardeau... Et puis, je sentis moi-même ma vigueur défaillir. Je dus m'arrêter à mon tour.

— Tu vois bien, reprit-elle, quand je l'eus reposée à terre, d'une voix si basse que je l'entendais à peine, elle n'avait même plus la force de parler : — tu vois bien que c'est impossible. Embrasse-moi, mon ami, et dis-moi adieu... Oui, à Dieu, répéta-t-elle en séparant les deux mots, laisse-moi à Lui, qui me sauvera s'il veut me sauver. Et s'il ne le veut pas, Il sait pourquoi et je ferai mon sacrifice... Mais toi, va-t'en, va-t'en, mon amour ! Qu'ils ne te prennent pas ! Qu'ils ne te lient pas tes chères mains ! Qu'ils ne te...

Le geste passionné par lequel elle serra ma tête contre son cœur — je m'étais mis à genoux devant elle pour essayer de l'apaiser — avait une horrible éloquence. Elle voyait la guillotine et le couperet.

— Allons, adieu... Et va-t'en !

— Non, lui répondis-je. Je ne te quitterai pas... Mais que faire, que faire ?

— Partir, insista-t-elle, leur échapper, toi du moins...

– Oui, m'écriai-je, mais avec toi… Écoute…

Un petit bruit de grelots se faisait entendre au loin.

– C'est une voiture qui approche. Notre homme revient pour aller nous dénoncer… Ah ! si c'était lui ! Mais qui que ce soit, il faudra bien qu'il nous prenne !

Ainsi, moins d'une heure après avoir renvoyé, au risque de nos vies, une voiture qui était à moi et un cocher dont j'étais presque sûr, j'allais arrêter, comme un voleur de grand chemin, à la nuit tombante, l'équipage d'un voyageur inconnu avec lequel je devrais sans doute me battre ! L'incohérence de mes résolutions dans des circonstances si graves eût mérité un châtiment. Il me fut épargné. Ce voyageur se trouvait être une femme d'un certain âge qui conduisait à la ville, au trot d'un mauvais bidet, non sans redouter elle-même une mauvaise rencontre, une carriole chargée de légumes. Cinq minutes de conversation suffirent pour qu'elle devinât la vérité :

– Montez, madame, dit-elle à Henriette après les premiers pourparlers, et vous aussi, Monsieur. Mais ne répondez pas à la barrière. On reconnaîtrait que vous n'êtes pas d'ici, ni de Suisse, ajouta-t-elle. Je dirai que vous êtes des cousins à moi… Et je vous mènerai chez ma sœur qui vous logera. Son maître lui a recommandé avant de partir de recueillir tous les ci-devants qui passeraient…

J'aime à rapporter ces discours de la mère Poirier – et à écrire cet humble nom – comme un témoignage qu'il restait encore de braves gens dans ce qui avait été le doux pays de France. S'ils avaient osé se soulever tous, hommes et femmes, et faire bloc, qu'ils auraient eu vite raison des brigands au pouvoir – une poignée – et combien lâches, on l'a trop vu quand ils se sont trouvés devant Bonaparte ! Mais en 93, les braves gens ne savaient que mourir et pardonner. La mère Poirier devait m'en donner aussitôt une preuve saisissante :

– Qui était le maître de votre sœur ? lui demandai-je, comme la carriole s'ébranlait.

Je n'avais pas protesté contre le mot de ci-devant. Ce silence était le plus dangereux des aveux. De quoi m'eût-il servi de discuter avec la maraîchère ? J'étais tellement à sa merci !

– C'était M. François, le curé de Morteau, répondit-elle.

– Et il est parti ? interrogeai-je.

– Ils l'ont arrêté, monsieur, et ils l'ont guillotiné.

Mme de Fleury poussa un petit cri et elle se serra contre moi. La mère Poirier, préoccupée de bien diriger sa bête dans la nuit, enfin venue, ne remarqua pas ces deux signes d'une épouvante qu'elle augmenta en continuant :

– Ils ne sont pourtant pas trop mauvais à Morteau, mais il y a Raillard…

– Qui est Raillard ? demandai-je.

– Vous ne connaissez pas Raillard ? reprit-elle. C'est vrai, vous n'êtes pas du pays. Mais on prétend qu'il fait tout ce qu'il veut, même à Paris. C'est le médecin… ou c'était, rectifia-t-elle. Presque personne ne s'adresse plus à lui. On va chez M. Couturier.

– M. Raillard est le chef des Jacobins de Morteau ? insistai-je. Il est le président du club ?

– Pourquoi faites-vous comme si vous ne le connaissiez pas alors ?

dit-elle en se retournant, et dans l'ombre je vis poindre aux yeux de la paysanne une lueur aiguë de défiance. La sœur de la servante du curé guillotiné soupçonnant d'espionnage un duc de Fleury, quel symbole d'une époque dont la plus triste caractéristique fut celle-là : les persécutés s'évitant les uns les autres !

Cette impression ne se dissipa qu'après que nous eûmes franchi la porte de la petite ville et quand Mme Poirier eût constaté, au tremblement presque convulsif de ma femme, que nous étions bien des fugitifs en proie aux affres d'un mortel danger.

– Ma foi, madame, s'écria-t-elle, ingénûment, ça n'a pas l'air gracieux, mais ça m'a fait plaisir de sentir que vous aviez peur quand j'ai crié au garde : « C'est mon cousin et ma cousine... » S'ils savaient ce que je vous ai dit sur Raillard, ils m'enverraient rejoindre ce bon M. François. Et dame, j'ai un mari et deux enfants, et je voudrais bien voir avec eux de meilleurs temps ! Mais nous approchons de chez ma sœur. Ils la laissent tranquille, elle, parce qu'elle a été la sœur de lait de défunte Mme Raillard. Rapport à ça, il ne l'a pas fait arrêter... Ç'a été un brave homme autrefois, et savant !... Ce sera le chagrin de cette mort qui lui aura troublé la cervelle, et puis ces nouvelles idées. Il ne boit que de l'eau, cet homme-là. Il ne mange pas. Il ne vit que dans ses livres. Il en a deux chambres toutes pleines. Je vous demande un peu, tant savoir, pour devenir si méchant !... Tenez, monsieur, voyez Jeannot... – Elle désignait son cheval du bout de son fouet. – Il ne sait pas lire, lui, et il connaît tout ce qu'il a besoin de connaître... C'est la porte de ma sœur. Voyez. Il s'arrête tout seul. Je ne remue pas les guides. Oui, mon garçon, tu es arrivé... Tu vas manger l'avoine dans un quart d'heure.

III

Ç'avait été à mon tour de trembler. À travers ces propos naïfs, j'avais entrevu le type le plus redoutable des révolutionnaires d'alors – et de tous les temps – le fanatique d'idées, honnête dans sa vie privée, délicat même et sensible. Le chagrin que ce Raillard avait eu de son veuvage l'attestait. Et puis, lorsqu'il s'agit de l'application de leur système d'idées, la vie humaine ne compte pas pour eux. Quant à expliquer par le souvenir de sa femme morte l'espèce de tolérance accordée par celui-ci à la servante de l'abbé François, cette hypothèse était bonne pour des simples d'esprit, comme Mme Poirier. Il était bien plus probable que la maison de Mlle Bouveron – ainsi s'appelait la vieille fille – servait de traquenard. Une surveillance un peu étroite devait suivre les allées et venues de tous les visiteurs. Je tiens à répéter que ni à ce moment, ni depuis, je n'ai admis une seconde que les deux demi-sœurs – c'était leur degré de parenté – eussent la moindre idée d'un pareil rôle. C'était deux loyales et pitoyables créatures. Dieu ait leurs âmes, et puissent-elles avoir reçu là-haut la récompense du Bon Samaritain ! D'ailleurs eussent-elles été des émissaires de la police jacobine, je n'avais pas le choix. Les souffrances aiguës dont ma femme s'était plainte sur le bord de la route s'étaient calmées un moment dans la voiture. L'accueil de Mlle Bouveron qui nous reçut comme si nous avions été réellement envoyés par M. François avait paru lui rendre du courage. Cette veine ne dura pas. Mme de Fleury ne fut pas plutôt assise au coin de l'âtre qu'elle recommença de gémir. Sa réponse à mes questions me convainquit que mon pressentiment ne m'avait pas trompé. C'était un accouchement avant terme qui se préparait, et sans doute cette nuit. J'expliquai mes craintes à notre hôtesse, et je lui demandai l'adresse de M. Couturier. Je m'y rendis en personne. Je voulais voir de mes yeux à qui j'allais confier le soin de mettre au monde mon premier-né, peut-être un fils, l'héritier de mon nom. Je ne trouve pas de mots pour traduire l'émotion qui m'étreignit le cœur quand la porte du médecin se fut ouverte à mon coup de marteau. Je revois la rue montante et blanche de neige, où se dressait ce logis du praticien de province. Je revois un pan de ciel apparu entre les toits, et surtout j'entends l'accent d'une femme de charge, qui ne se montrait pas, sans doute par prudence, et elle répondait à ma demande formulée dans le vocabulaire obligatoire :

– Le citoyen Couturier n'est pas chez lui.

– Mais quand rentrera-t-il ? demandai-je.

– Pas avant demain, reprit la voix. Il est parti cet après-midi pour le Valdahon voir un de ses clients, qui est à la mort. Il le veillera toute la nuit…

– Mais il s'agit d'une malade qui ne peut pas attendre non plus. Ma femme est en mal d'enfant. Combien y a-t-il d'ici au Valdahon ?

– Huit lieues et demie. Ce n'est pas la peine d'essayer. Il faut le cheval du docteur pour aller par des chemins comme ceux-là, et la nuit encore. Et puis, il ne quitterait pas son malade. Il a remis toutes ses visites à demain pour se rendre libre…

– Mais à qui s'adresse-t-on dans les cas pressés ? insistai-je. M. Couturier n'a donc personne pour le suppléer quand il y a urgence et qu'il est absent ? En cas de danger, encore une fois, à qui s'adresse-t-on ?

– Au citoyen Raillard, répondit mon interlocutrice.

La voix s'étouffait pour prononcer ce nom, qui me glaça plus que la bise de cette nuit où j'étais sorti sans manteau. La servante était descendue de quelques marches. La lampe qu'elle élevait par dessus sa tête sculptait ses traits avec un relief qui en accusait l'expression. Visiblement elle était elle-même troublée jusqu'à l'âme à cette seule mention du terroriste.

– Le citoyen Raillard n'exerce plus depuis trois ans, continua-t-elle, mais il est convenu avec mon maître que dans les circonstances urgentes on peut envoyer chez lui… Si vous attendez jusqu'à demain, le docteur Couturier sera revenu vers neuf heures…

Jusqu'à demain ? Attendre jusqu'à demain ? Le pouvais-je ? Et si je ne le pouvais pas, que devenir ? Laisserai-je ma femme, ma chère femme, mourir peut-être devant moi, et avec elle l'enfant, notre enfant, sans avoir appelé le seul médecin qu'il y eût à cette heure dans cette ville ? Et l'appeler, c'était ce faux passeport montré à ses yeux d'inquisiteur, c'était des questions posées auxquelles il faudrait répondre ! Au moindre soupçon c'était l'arrestation, et c'était la mort, pour moi certainement, pour Mme de Fleury sans doute, et sans doute pour les deux humbles demi-sœurs dont l'une nous avait recueillis gisant sur la neige, dont l'autre nous logeait maintenant.

Dévoré par cette inquiétude, de quelle course hâtive je redescendis vers le boulevard où habitait Mlle Bouveron et avec quelle angoisse je vis s'avancer la vieille fille au-devant de moi sur le pas de la porte, et déjà elle m'interrogeait :

— Madame vient d'être bien mal, disait-elle. C'est pour cette nuit, j'en suis sûre. Vous n'amenez pas M. Couturier ?

Et quand je lui eus expliqué le résultat de ma visite.

— M. Raillard ? s'écria-t-elle en joignant ses mains avec un geste d'horreur.

Elle répéta :

— M. Raillard ?... C'est lui qui a fait arrêter et guillotiner M. François... Ah ! monsieur, s'il sait seulement que vous êtes ici, vous et madame, vous êtes morts !

C'est sur ce cri de détresse que j'entrai dans la chambre où Henriette, couchée à présent dans un lit, me montra un visage où je lus l'agonie. Ses traits comme décomposés, son teint livide, la fixité hagarde de son regard, le clignotement de ses paupières, ses doigts crispés sur la couverture annonçait l'imminence d'une de ces crises nerveuses dont s'accompagnent si souvent les accouchements prématurés. Elle me reconnut et me fit signe qu'elle ne pouvait pas parler. Son souffle était court, sa mâchoire contractée. Elle eut la force de prendre ma main, qu'elle mit sur sa poitrine. Je sentais aux pulsations de son cœur, comme à la chaleur de ses doigts, que la fièvre la brûlait. Ma présence pourtant lui fit du bien. Les secousses dont ses membres étaient agités s'arrêtèrent pour quelques instants. Elle respira plus régulièrement, et elle se retourna vers le mur, comme si elle allait essayer de dormir. Après dix minutes de ce faux sommeil, de nouveaux phénomènes se manifestèrent qui ne pouvaient plus laisser cette espérance d'une attente jusqu'au lendemain. Les convulsions reprenaient plus violentes. Elles se calmèrent encore, pour revenir plus fortes chaque fois. La bonne Bouveron allait et venait entre sa cuisine et la chambre, me proposant tour à tour tous les remèdes que lui suggérait son expérience de commère de village. Son épouvante augmentait la mienne, à cause d'un très petit détail mais trop significatif : évidemment elle croyait que ma femme allait mourir, et elle continuait à ne pas même prononcer le nom de Raillard. C'était donc que, le connaissant, elle considérait comme inutile un appel à la pitié du révolutionnaire. Que pouvait-il arriver pourtant si je m'adressais à lui ? Qu'il me fit arrêter sur-le-champ comme suspect, que ma femme agonisât, toute seule. Notre situation était bien terrible. Séparés, elle serait pire. Non, je ne devais pas courir ce risque plus effrayant que tout le reste, et je répétais mon cri devant la rencontre avec Mme Poirier :

– Que faire ? que faire ?...

IV

C'est à ce moment, et dans l'intervalle d'une de ces crises de douleur aiguë, durant lesquelles mon ignorance et mon impuissance me désespéraient, qu'une idée abominable traversa ma pensée. Je n'étais pas très croyant à cette époque. Comme la plupart des hommes de ma classe, j'avais été touché par l'esprit de scepticisme émané de Voltaire et de l'Encyclopédie. Je comprends aujourd'hui que j'ai subi là une de ces tentations, comme l'éternel ennemi – l'antiquus hostis – dont parlent les Pères, nous en inflige aux heures décisives de notre existence. J'avais posé mes pistolets sur une table, quand j'étais revenu de mon inutile visite chez M. Couturier. Comme je m'accoudais pour prendre ma tête dans mes mains – le geste instinctif du désespoir – un de mes coudes heurta une des crosses. J'eus un sursaut soudain de tout mon être. J'avais oublié que ces armes étaient là, et chargées. Arrivé à l'extrémité du malheur, il y a toujours un moyen sûr de s'en affranchir. J'avais à ma portée de quoi faire taire cette plainte de bête blessée que poussait ma pauvre Henriette et qui dénonçait ses intolérables souffrances ; de quoi faire taire aussi la plainte de mon cœur, cœur d'amoureux, cœur de Français, car cette agonie de ma jeune femme, dans cette maison inconnue, à quelques lieues de la frontière, après cette fuite du foyer ancestral, qu'était-ce, sinon un épisode de l'immense désastre public ? Malgré tout – la nature a de ces énergies qui défient les craintes les plus justifiées – malgré tout un enfant pouvait naître. Pour quel sort ? Destiné à quelles misères ? Avec cette rapidité dans le raisonnement qui nous fait, à de certaines minutes, apercevoir d'un seul coup d'œil, tout le passé et tout l'avenir, je vis cet enfant, si c'était un garçon, grandir dans l'exil, revenir dans son pays chargé du poids inutile d'un grand nom, sans fortune pour le soutenir, étranger à la France issue de la Révolution – un émigré à l'intérieur ! Si c'était une fille les difficultés ne seraient pas moindres. Que deviendrait-elle ? Comment l'élever ? Où ? Pour quel mariage ?... J'avais pris un des pistolets, puis l'autre... Une petite pression sur une des gâchettes, et cet enfant ne naissait pas, et sa mère cessait de souffrir. Une seconde pression sur la seconde gâchette et le malheureux homme qui avait fait la folie de se marier en pleine Terreur, se reposait lui aussi, pour jamais. Je dis tout haut :

– Oui, cela vaut mieux.

Une horrible volonté s'exprimait dans ce cri. Il faut que cette confession soit écrite, et je l'écris avec horreur, avec remords. Cette heure a été vraie. Je l'ai vécue. Durant cette nuit du 24 au 25 décembre 1793, il y a eu un instant où j'ai été un assassin et un suicide. J'ai résolu de tuer ma femme et avec elle le fruit de notre mariage. J'ai résolu de me tuer. J'ai armé mes pistolets pour cela. J'en ai vérifié la charge et la pierre. Voilà pourquoi, mon fils, je veux que vous gardiez toujours auprès de vous ce tableau de piété dont Dieu s'est servi pour me sauver du plus hideux, du plus inexpiable des crimes…

Je m'étais levé, cette résolution prise. Car elle était prise. Je m'étais dit : – Dans un quart d'heure j'agirai. Je la tuerai et je me tuerai ensuite. Une espèce de tranquillité que je n'hésite plus à qualifier de diabolique avait succédé en moi à l'atroce agitation de tout à l'heure. La malade aussi traversait des moments moins agités. Elle avait cessé de gémir. Je pris la misérable chandelle qui éclairait cette scène de désespoir afin de revoir ces traits si chers, une dernière fois. Comme je m'approchais du lit, la lumière porta sur une toile suspendue dans l'alcôve, qui avait été celle du prêtre-martyr. Cette toile était cette « Nativité » que je vous lègue. Comment expliquer, sinon par une faveur providentielle, que je n'y eusse prêté aucune attention jusqu'alors, et que, tout d'un coup, à cette place, j'aie regardé cette peinture et que j'en sois demeuré si profondément saisi ? J'ai dit que je n'avais pas gardé intacte la foi de mes premières années. Pourtant je l'avais eue, et très fervente. Sans doute j'avais aussi subi, à mon insu, l'influence de la piété de celle que je me préparais à assassiner par excès d'amour… Mais à quoi bon tenter d'expliquer un de ces retournements intimes de l'âme, aussi mystérieux qu'ils sont irréductibles ? Entre le sujet traité par cette toile et l'épreuve que je traversais dans cet instant même, il y avait une analogie trop frappante pour que je ne la sentisse pas : « Et Marie enfanta son Fils premier-né. Elle l'enveloppa de langes et le coucha dans une crèche, parce qu'il n'y avait pas de place pour eux dans l'hôtellerie ». Je lus à mi-voix ces mots écrits sur le cadre. Et je me mis à songer… L'enfant dont la venue prochaine arrachait à ma femme ces gémissements, c'était, lui aussi, un premier-né. Nous aussi, ses parents, nous étions errants, sans place où nous reposer, obligés de nous contenter d'un asile de hasard. Je regardai de plus près la toile. Le peintre avait voulu qu'en levant les yeux, Joseph et Marie puissent reconnaître au-dessus du berceau de leur fils l'instrument de son futur supplice. La singulière idée qu'il avait eue de dessiner ainsi une croix sur le mur par l'ombre portée des barreaux n'aurait peut-être intéressé dans d'autres circonstances que ma curiosité. Remué comme j'étais dans les fibres les plus secrètes de ma personne, l'enseignement de ce symbole se révéla soudain à moi avec une force souveraine… Combien de temps passai-je ainsi à contempler tour à tour ce groupe des parents, le Sauveur endormi, la silhouette de cette croix auprès de ce sommeil ? Je n'en sais rien. À les regarder ? Non. À écouter une voix échappée d'une bouche invisible et qui me disait :

– « Ecce homo ». Voilà l'homme. Auprès de toutes les naissances, il y a une menace, puisqu'auprès de toutes il y a une certitude de mort et que nous ne venons au monde dans la douleur que pour en sortir dans la douleur. Cette menace, ces parents l'acceptent. Ils sont agenouillés. Ils prient. Cet enfant l'accepte. Il dort. Les uns et les autres acceptent la vie, avec ce qu'elle a d'inconnu et de redoutable, et pour ceux qui la donnent, et pour celui qui la reçoit. Cette mère sera crucifiée dans la chair de son fils. Elle le sait et elle ne se révolte pas. Cet époux sera crucifié dans le cœur de son épouse. Il le sait et il ne se révolte pas. Cet enfant connaîtra les tortures de la plus cruelle agonie, la sueur de sang, l'abandon des amis, la trahison de Judas et son baiser, l'outrage de tout un peuple, les soufflets, les crachats, les clous dans ses pieds, dans ses mains, l'éponge de fiel, le coup de lance. Son martyre est là, prédit sur ce mur par ce jeu de lumière et d'ombre qui dessine cette croix. Il le sait et il ne se révolte pas… Et toi !… Ah ! lâche, lâche !…

En rédigeant ces phrases à la distance de tant d'années, je me rends bien compte que je leur donne une précision qu'elles n'ont certes pas eue. Je suis très sûr cependant qu'elles expriment les pensées qui s'agitèrent en moi tandis que je regardais le tableau d'abord, et revenu auprès du lit de ma femme, je m'abandonnai à une méditation dont je sortis pour dire à mon hôtesse, brusquement :

– Où habite M. Raillard ? Je veux aller le chercher.

– Vous voulez aller chercher M. Raillard ? répéta la Bouveron, épouvantée. Oh ! mon bon monsieur, ne faites pas cela ! Nous sommes morts tous les trois s'il sait que vous êtes ici, madame et vous, et que je vous cache…

– Où habite-t-il ? insistai-je. Ne voyez-vous pas que ma femme va mourir s'il ne vient pas de médecin ? Vous avez été si bonne pour nous, continuai-je, que je ne veux pas vous avoir mise en danger… Je dirai que je suis entré chez vous en vous menaçant… Et si je suis arrêté, vous trouverez là de quoi vous récompenser. J'avais tiré de ma poche un des sachets où étaient cousus mes diamants. La bonne femme esquissa un geste de refus. À cette seconde, un cri plus aigu d'Henriette déchira l'air.

– Je vais vous indiquer la maison de M. Raillard…, dit la vieille fille. Si vous ne revenez pas, je ferai ce que je pourrai pour madame. C'est la nuit de Noël…

Et elle aussi regardant du côté du tableau, elle ajouta, naïvement :

– La bonne Mère et M. François nous protégeront…

V

Le simple prêtre de province qu'avait été le curé de Morteau ne s'était guère douté, en achetant cette « Naissance du Christ » d'un confrère besogneux, comme j'ai su depuis, qu'il suspendait au mur de sa chambre une image de piété destinée à s'associer à un drame moral comme celui que je traversais, et capable en même temps de rendre de la force à l'humble servante qui en avait hérité. Tout bon chrétien que je suis devenu, je ne crois pas à cette action directe des morts sur les vivants à laquelle la dévotion de cette âme primitive faisait appel. De l'entendre exprimer cette foi si profonde me fut cependant un réconfort. J'en avais besoin dans la démarche que j'osais entreprendre. Je ne réalisai mon insensée témérité qu'à l'instant où je me trouvai introduit dans le cabinet de travail du redoutable partisan dont j'allais implorer l'aide médicale. Mais était-il encore un médecin, un pitoyable guérisseur de la misère humaine, le dur personnage qui se tenait là dans le silence de la nuit, assis à une table encombrée de dossiers ? Voilà de nouveau un détail que j'ai su depuis : Les Jacobins avaient organisé leur police secrète en un petit nombre de circonscriptions auxquelles présidaient les plus sûrs de leurs adeptes. Ces inquisiteurs inconnus, et qui, pour la plupart, n'exerçaient aucune fonction apparente, ont été les vrais dictateurs de ces terribles années. Un Danton, un Saint-Just, un Robespierre pliaient devant eux. De sa chambre de Morteau, Raillard avait de la sorte sous sa surveillance toute la Franche-Comté. Il venait sans doute de recevoir un document qui satisfaisait sa haine furieuse contre les ennemis de la Révolution, car une joie sauvage éclairait son front lorsqu'il se retourna pour me dévisager. Par quel mystère une physionomie comme celle-là, si intelligente et si fière, pouvait-elle s'associer à cette besogne de haine et de sang ? Comment ces yeux d'où émanait une telle ardeur d'enthousiasme se consacraient-ils, sans en verser des larmes de remords, à des enquêtes d'ignoble mouchardise ? Mon intuition ne m'avait pas trompé. Raillard n'était ni un jouisseur comme l'immonde Danton, ni un envieux comme le sinistre Robespierre, ni un bas coquin comme ce drôle de Fouquier-Tinville. Il était de bonne foi dans sa criminelle aberration. Il croyait vraiment régénérer la France en la purifiant de ce qu'il considérait comme l'élément empoisonné de la vie nationale. Faire guillotiner un aristocrate, c'était pour lui une opération légitime, pareille à celles qu'il avait si souvent exécutées dans sa profession première : l'amputation d'un membre gangrené. C'était sa mission en ce monde, sa pensée fixe que cette monstrueuse mutilation du pays, où il voyait un redressement. Il m'accueillit, en effet, du ton de quelqu'un qui n'a pas assez de temps pour une tâche de conscience.

– Je suis occupé, citoyen, me dit-il, très occupé. Je travaille pour la patrie. Si tu as quelque chose à me communiquer qui puisse servir la nation, fais vite…

– Ma femme est mourante, lui répondis-je, simplement, et le docteur Couturier est absent. On m'a envoyé chez vous…

– Qui, on ? répliqua-t-il, d'une voix dure.

Cet appel à son métier lui était odieux. Le « vous » que j'avais employé par habitude ne lui déplaisait pas moins.

– Et toi-même ? continua-t-il. Qui es-tu ?

Mon regard ne se troubla pas sous le sien. Pourtant ses prunelles étaient terribles à soutenir. La perspicacité de l'homme habitué au diagnostic s'y devinait, mise au service du fanatisme le plus passionné. Mais je venais de revoir mentalement la scène de tout à l'heure : ma femme à l'agonie sur ce grabat que dominait le tableau de la « Naissance du Christ », avec sa muette éloquence, la Bouveron tremblante à la seule idée de ma visite chez le bourreau de son maître. Manquer de sang-froid, c'était trahir Henriette et mon hôtesse. Ce fut donc avec le calme le plus absolu que je sortis de ma poche le chiffon de papier qui me faisait Suisse et que je débitai mon histoire. Raillard m'écoutait en m'enveloppant, en me perçant toujours de ses formidables prunelles. Leur éclat bleu faisait penser à la dureté coupante de l'acier. Quand j'eus fini, il me demanda, non moins brusquement :

– Tu es arrivé à Morteau ce soir ? Et où as-tu couché hier ?

– Près de Besançon, répondis-je. Je ne sais pas le nom de l'endroit.

J'étais arrivé par la direction opposée.

– Et avant ?

– À Besançon.

– À quelle auberge ?

En me posant ces questions, sa main s'était avancée vers la table. Je compris que ses soupçons étaient déjà éveillés. Un des papiers épars devant lui contenait peut-être l'indication de notre départ et notre signalement. La grossesse avancée de ma compagne la désignait trop. Je ne connaissais le nom d'aucun hôtel à Besançon. J'étais perdu cependant si je me troublais. Je répondis :

– À l'hôtel de la Poste.

Quel soulagement lorsque Raillard me répondit à son tour :

– Et ici, où es-tu descendu ?

Il y avait donc un hôtel de la Poste à Besançon, comme je l'avais imaginé à tout hasard. Fort de ce succès, j'osai nommer la Bouveron, en racontant un roman tout mêlé de vérité : que ma chaise avait cassé à un moment de la route, que j'étais monté dans la voiture de Mme Poirier, que cette femme nous avait déposés chez sa demi-sœur. Tout cela n'était pas bien vraisemblable, mais quelque chose était plus invraisemblable encore : l'audace de ma présence volontaire chez le chef de la police secrète des Jacobins si je mentais. Raillard avait froncé les sourcils et son visage était devenu comme noir quand j'avais mentionné mon hôtesse. Il chercha une feuille parmi des centaines d'autres, qu'il lut tout bas, en me regardant par intervalles pour comparer les détails donnés par son correspondant. Était-ce une circulaire dénonçant mon départ de Fleury ? Le signalement se trouvait, sans doute, avoir été mal fait, et mon passage par Besançon contredisait les autres indications. L'instinct de défense qui se développe chez nous, à notre insu, dans les heures de danger, m'avait fait deviner le piège tendu par cette question si simple sur mon itinéraire. Ce même instinct m'avertit que le Jacobin hésitait et qu'une impression forte le déterminerait dans un sens ou dans l'autre.

— Tu vérifieras ce que je t'ai dit demain, repris-je, sur le même ton que lui, rude et brutal, et en employant le tutoiement civique qu'il avait adopté avec moi. Pour le moment, pense que chaque minute de retard peut coûter la vie à une femme…

Et je commençai de lui rapporter les symptômes que j'avais observés, avec d'autant plus d'insistance que dès les premiers mots je vis distinctement le médecin se réveiller en lui. On n'a pas impunément exercé un métier toute sa vie durant. Au fur et à mesure de mes indications, ce métier revenait, remontait en lui des profondeurs de ses anciennes habitudes. Il allait s'établir une lutte entre le politicien sectaire qu'il était devenu et le physiologiste de jadis. C'était sur la malade qu'il m'interrogeait maintenant, sur son âge, son tempérament, ses habitudes, ses antécédents, la date de notre mariage. Je remarquai que, peu à peu, sa physionomie changeait d'expression. Elle s'humanisait et se détendait. Quand, enfin, il me dit : « Hé bien, allons. Il n'y a, en effet, pas de temps à perdre » il avait oublié, s'il l'avait reçue, la note qui lui annonçait la disparition du ci-devant duc de Fleury avec sa femme enceinte de plusieurs mois. J'avais souvent constaté cette sorte de dualité dans les quelques Révolutionnaires que j'avais approchés. J'avais discerné chez tous des réapparitions de leur personnalité d'avant 89. Jamais comme chez Raillard. Quand une demi-heure plus tard, il s'assit au chevet de ma femme pour se rendre compte de son état, le Jacobin avait disparu totalement. Il ne restait plus que le praticien. On eût dit qu'il avait oublié de la manière la plus complète dans quelle maison il était et le rôle qu'il avait joué dans l'arrestation de M. François. Il s'adressait à la Bouveron pour lui demander du linge, un bassin, de l'eau chaude, comme si elle eût été une religieuse de l'hôpital dans une salle de chirurgie. Il ne remarquait même pas qu'elle ne lui répondait point, et qu'en lui tendant les objets, les doigts de la servante du curé guillotiné frémissaient d'horreur.

– Je redoute tout si l'éclampsie éclate, m'avait-il dit. Il faut provoquer la délivrance. J'ai eu raison d'emporter une boîte d'instruments.

Il pouvait être minuit quand il m'avait tenu ce discours, tout en introduisant, avec cette énergie délicate qui caractérise les vrais médecins, un coin de mouchoir entre les dents de la patiente, « afin d'éviter » m'avait-il dit encore, « les morsures de la langue ». Quel souper réveillon, que le morceau de pain noir et le bol de café apportés pour soutenir nos forces, à l'accoucheur et à moi, par la pauvre Bouveron ! À dix heures du matin le travail durait encore. L'accoucheur m'avait ordonné de me tenir dans une pièce voisine, pour que mon émotion, qui était atroce, n'eût son contre-coup ni sur lui ni sur la malade. Dieu ! la dure nuit que je passai là ! Enfin, un dernier cri de ma pauvre femme, suivi d'un silence, m'avertit que le suprême effort avait eu lieu. J'entendis presque aussitôt la voix de Raillard m'interpeller. Il avait cessé de me tutoyer depuis qu'il n'était plus vis-à-vis de moi qu'un médecin.

– Un garçon ! s'écria-t-il. Vous avez un gros garçon ! Est-il vivant, ce petit crapaud !... Tu m'as coûté bien du mal, morveux, mais tu feras un gaillard robuste...

Ses bras ensanglantés me tendaient mon fils aîné, et il ajoutait, en nettoyant ce lambeau de chair où palpitait déjà un homme :

– Et la mère aussi vivra pour le nourrir. Elle vivra... J'en réponds... Mais j'ai eu bien peur...

Et ce coupeur de têtes avait un sourire de triomphe ému pour proclamer cette victoire sur la mort. Ô inexplicables contradictions du cœur de l'homme !...

VI

Raillard nous avait quittés vers midi, après avoir donné les instructions nécessaires, en annonçant qu'il reviendrait sûrement vers le soir avec son collègue Couturier. Il n'eut pas plus tôt passé le seuil de la porte que la Bouveron me supplia de nouveau :

– Sauvez-vous, monsieur ! Qu'il ne vous retrouve pas !... C'est de voir souffrir madame comme elle souffrait qui l'a un peu ému... Quand il la saura guérie, il ne connaîtra plus rien. Il avait soigné M. François aussi dans le temps, et très bien, et puis vous savez ce qu'il lui a fait... Sauvez-vous... Il ne pourra toujours pas envoyer madame en prison dans l'état où elle est... Mais vous, comment voulez-vous que vous lui échappiez, quand il a vu cela ?...

Et elle me montra sur les linges que j'avais pris dans le havre-sac comme plus fins, pour les donner à l'opérateur, une couronne ducale brodée à même la toile. Dans la précipitation de notre fuite, Henriette et moi avions oublié ce détail implacablement révélateur. À cette simple remarque de mon hôtesse, mon sang se glaça. Une seule espérance me restait : j'avais vu tour à tour apparaître en Raillard deux hommes si différents, selon que je m'étais adressé au démagogue ou au médecin – deux moralités fonctionner, si contradictoires ! Il avait sans aucun doute remarqué ces couronnes en maniant ces linges dont il avait déchiré lui-même quelques-uns. Il avait pourtant agi comme si de rien n'était. C'était là une chance de salut qu'il se considérât comme obligé de ne pas utiliser au service de sa besogne politique un renseignement surpris dans sa besogne d'opérateur. En tout cas, et que le Jacobin dût ou non se conformer à ce scrupule d'ordre professionnel, je ne pouvais pas, moi, abandonner ma femme et mon enfant ainsi. Je fis donc taire la Bouveron et j'attendis au chevet de l'accouchée le retour annoncé de ce personnage envers qui j'éprouvais des sentiments plus contradictoires encore que ne l'avait été sa conduite. Il avait sauvé ma femme d'une mort imminente en la délivrant. Sans son intervention, mon fils serait mort dans le sein de sa mère ; et ce sauveur était le plus féroce ennemi de toutes mes idées ! Il avait fait tuer par centaines des nobles comme moi, des prêtres comme l'abbé François ! Demain, peut-être monterais-je à l'échafaud à cause de lui ! Il me faisait horreur, et son dévouement de cette nuit m'attendrissait à son égard, quoi que j'en eusse. L'énigme de cette double nature m'épouvantait en même temps comme une difformité monstrueuse. J'y ai bien souvent pensé depuis lors, et j'ai détesté davantage la Révolution – toutes les Révolutions. Leur pire malheur est celui-là : d'un bourgeois qui eût été, comme Barnave un bon avocat, comme Bailly un bon académicien, comme Collot d'Herbois un bon acteur, peut-être, comme Louis David un bon peintre, comme ce Raillard un bon médecin, elles font un criminel par égarement d'orgueil, en le laissant libre de tenter l'application de ses utopies à même la vie, à même les autres hommes. En vaquant auprès de ma femme et de mon fils aux menus soins que notre redoutable bienfaiteur de cette nuit et de cette matinée avait indiqués, je méditais sur ce problème de la solution duquel tout mon avenir dépendait : – qui l'emporterait dans cette nature d'une effrayante ambiguïté ? Malgré moi quand je me trouvais trop accablé de sombres pressentiments, je revenais à ce petit tableau religieux, dont la composition si simple et si chargée de sens m'avait rendu, la veille, le courage d'aller droit au danger. Je me disais que le prêtre dont nous occupions la chambre, avait dû contempler aussi cette toile avec la volonté d'en absorber en lui tout l'esprit. Je me forçais à prier mentalement, devant cette croix dessinée sur ce mur par cette ombre des barreaux, comme si c'eût été la vraie Croix, l'enfant endormi le vrai Sauveur, – et j'attendais...

Vers quatre heures Raillard parut, comme il l'avait annoncé, accompagné d'un autre homme qui était le docteur Couturier, revenu de son expédition nocturne et dans les mains duquel il allait remettre la malade. Il me suffit d'une seconde pour comprendre que la Bouveron ne s'était pas trompée. Raillard savait qui j'étais, et déjà le médecin avait cédé la place au Jacobin. Pas tout à fait encore, puisqu'au lieu de m'avoir dépêché ses estafiers, il était venu lui-même, avec son confrère. Il ne m'adressa pas la parole, mais je retrouvai dans ses yeux clairs ce sinistre reflet d'acier de notre première rencontre. Couturier, lui, avait une honnête physionomie d'officier de santé, dont l'expression habituelle devait être la bonhomie craintive. Visiblement, il tremblait devant Raillard. Il avait été son concurrent timide avant 89. Depuis il était son suppléant épouvanté, en attendant qu'il devint sa victime. Il n'était, en aucune manière, son complice. Je l'aurais deviné rien qu'au salut par lequel il répondit au mien, alors que la raideur significative de l'autre ne laissait aucun doute sur ses sentiments à mon égard. J'avais pris le parti, décidé à tenir mon rôle jusqu'au bout, de me présenter moi-même. À m'entendre proférer les syllabes de mon nom supposé, Raillard esquissa un geste qu'il réprima aussitôt. Il venait de voir les yeux de la malade fixés sur lui. Le médecin avait de nouveau dompté le révolutionnaire. Il allait le dompter encore, après quelle lutte intérieure ? L'événement m'a permis d'en mesurer l'intensité.

Je m'étais retiré pour permettre à ces messieurs de procéder à une consultation qui ne dura pas moins d'une longue heure. Je ne fus pas peu étonné quand la porte se rouvrit de voir le docteur Couturier reparaître seul.

– Raillard est parti par l'autre sortie, me dit-il. Puis, à voix basse, comme s'il eût appréhendé d'être entendu par le terroriste à travers l'espace : Monsieur, continua-t-il, je ne veux pas savoir qui vous êtes. Mais soyez sûr que Raillard, lui, le sait. S'il ne vous a pas fait arrêter aujourd'hui, c'est que le devoir médical l'en a empêché… Devant son insistance à me demander si je croyais que la malade pût supporter une grande émotion sans être reprise de grands accidents nerveux, j'ai compris qu'il se faisait un scrupule, ayant été appelé auprès d'elle comme médecin, de lui infliger une secousse morale qui risquerait de la tuer… Ah ! c'est un homme très étrange, et qui n'est pas ce que l'on croirait d'après certaines choses !… Il y a cinq ans seulement, il n'avait jamais fait que du bien à Morteau. Même à présent, voyez, par souvenir pour sa femme, il n'a pas permis que l'on touchât rien ici, dans cette maison que l'ancien curé a léguée à sa servante.

– Et il a fait guillotiner M. François ! interrompis-je.

– Ah ! on vous a raconté… Oui, c'est abominable. Il répéta : abominable !… Mais Raillard a cru que c'était son devoir. Il est persuadé que l'on assurera le bonheur de l'humanité pour toujours, avec certaines exécutions… D'ailleurs, il ne s'agit pas de cela… Il s'agit de vous. Tant qu'il croira votre femme en danger, il vous épargnera… Ensuite…

Il avait hoché la tête d'un geste sinistre.

– Merci, Monsieur, lui répondis-je en lui serrant la main. Je crois deviner que vous avez exagéré certains symptômes observés chez la malade pour impressionner M. Raillard… À moi, vous direz la vérité. Ma femme est-elle vraiment en danger ?…

– Je ne le crois pas, répliqua-t-il. Contrairement à M. Raillard, je suis persuadé que le système nerveux est très intact et qu'aucun accident cérébral n'est plus à craindre…

– Croyez-vous qu'elle pourrait partir d'ici cette nuit sur une civière ? demandai-je brusquement.

– Ce serait bien dangereux, répliqua-t-il après un instant de réflexion… Oui, bien dangereux…

– Mais est-ce absolument impossible ? insistai-je.

– Impossible ?… Non, fit-il après un nouveau silence. Sauvez-vous plutôt seul, ajouta-t-il.

– La laisser entre les mains de cet homme pour qu'une fois guérie, il lui fasse couper le cou ? m'écriai-je. Jamais ! Oui ou non, le considérez-vous comme capable de l'envoyer à la guillotine, quand il ne verra plus en elle une malade, surtout si je me suis échappé. Répondez ?…

– Oui, répondit M. Couturier.

Puis, comme effrayé de sa propre audace, il prétexta la nécessité de retourner auprès de l'accouchée faire un pansement avant la nuit. Quant à moi, mon parti était pris. Si Raillard m'avait épargné, c'est qu'il était bien sûr que je ne m'enfuierais pas seul. Dans cette certitude, il était probable que la surveillance de la maison ne serait pas très étroite. Sitôt le docteur parti, j'obtins de Mlle Bouveron qu'elle me donnât l'adresse de quelqu'un sur lequel je pusse absolument compter. À la nuit tombante je m'échappai par une fenêtre de derrière qui donnait sur une étroite ruelle, après avoir constaté qu'il n'y avait, pour épier mes allées et venues, qu'un seul individu, attablé dans un cabaret à quelques pas de la porte. À prix d'or, j'obtins de l'homme chez qui la Bouveron m'avait envoyé qu'un de ses camarades et lui se trouvassent dans la ruelle en question, vers minuit, avec une civière. Quand ils furent là, je réveillai ma femme, que je mis en quelques mots au courant de mon projet, en lui disant la vérité. Ce qui me rend ce tableau de la « Nativité » si cher encore, c'est que cette créature héroïque me demanda seulement cinq minutes pour faire une suprême prière si elle devait passer dans cette fuite, et elle la fit, tournée vers cette image de la Vierge et du Sauveur. Je regardai une dernière fois dans la rue. Le cabaret était toujours éclairé, mais l'espion dormait, les bras sur la table et la tête sur les bras. Ce pouvait être un sommeil simulé… J'étais dans un de ces moments où l'on hasarde le tout pour le tout. La civière que nos complices s'étaient procurée chez le fossoyeur, – un autre fidèle de la mémoire de M. François, mais quel augure ! – fut introduite par la fenêtre. Nous y plaçâmes la mère et l'enfant et nous la sortîmes de même. Il était convenu que si nous rencontrions une patrouille, les porteurs diraient qu'ils allaient avec une malade à l'hôpital. Je devais les rejoindre sur une route où Mlle

Bouveron me conduirait une demi-heure plus tard. La ville n'étant pas close de murs, cette évasion pouvait s'exécuter par un jardin abandonné de ses propriétaires. Il y avait quatre-vingt-neuf chances contre une pour que nous fussions pris. Les médecins à qui j'ai raconté depuis ce tragique épisode m'ont tous dit que la mort d'une femme accouchée de la veille, était, non pas probable, mais certaine, dans des circonstances pareilles. Il n'en est pas moins vrai que le lendemain à midi je me trouvais avec Henriette dans une chambre d'un petit village de la frontière suisse ; elle couchée, son fils suspendu à son sein, et vivante, bien vivante, et l'enfant vivant, bien vivant ! La Providence avait permis que ma folie fût une sagesse... Nous étions sauvés.

VII

... Je viens de regarder ce tableau de la « Nativité », une fois encore, après avoir repassé en esprit les heures effroyables de ce Noël 1793 et j'ai dit devant lui une prière pour les âmes des cinq personnes qui payèrent de la vie leur charité envers nous : le docteur Couturier d'abord, puis Mlle Bouveron, Mme Poirier, enfin Jean Nadaud et Louis Fauverteix, les porteurs de la civière. Leurs noms doivent vous rester à jamais vénérables, mes enfants, car c'est sur eux que la colère de Raillard s'exerça, quand il sut que sa proie lui avait échappé. L'implacabilité avec laquelle il fit emprisonner, juger et exécuter même son confrère d'hôpital, même la sœur de lait de sa femme, atteste que cette conscience faussée prétendit expier ainsi sa faiblesse d'un moment, devenue à ses yeux un crime de lèse-nation. Il ne s'est pas pardonné de ne pas m'avoir fait moi-même arrêter, sitôt découvert. Je viens de prier aussi pour lui et que ses forfaits lui soient pardonnés à cause de cette faiblesse, et après tout de sa sincérité. Je l'aurais certes envoyé à l'échafaud, comme on a fait justement, après la chute de Robespierre. Mais je l'aurais condamné sans le mépriser et je ne le méprise pas encore aujourd'hui. Je le plains. Je suis sans doute le seul au monde à éprouver ce sentiment. Cet homme de tant de bonne foi, a laissé à Morteau et dans tout le pays de Doubs un souvenir exécré. Quand je suis revenu dans cette petite ville, au retour de l'émigration, son nom n'était prononcé, comme de son vivant, qu'avec épouvante. J'avais entrepris ce voyage pour retrouver les traces de mes sauveurs. C'est là que j'ai appris leur supplice. J'ai été récompensé de ce pèlerinage par la découverte, chez le fils de la mère Poirier, de cette toile, dont il avait hérité. Ce pauvre paysan me céda cette relique que j'ai eue toujours avec moi depuis. Je veux qu'elle ne vous quitte jamais non plus, mon fils. Les copies que j'en ai fait faire sont pour rester toujours auprès de mes autres enfants. Je vous répète, et à eux, que sans elle j'aurais sans doute fini assassin et suicide. Puissiez-vous, vos frères et vous, recevoir d'elle la leçon de foi dans la Providence et d'acceptation du danger certain qu'elle m'a donnée dans une heure affreuse !